二〇の物と五つの場の言葉

尾内達也

七月堂

装画　Romie Lie

妻と娘に

目次

物の言葉

場の言葉

二〇の物と五つの場の言葉

書くこと、それは予見することだ。

ポール・ヴァレリー

物の言葉

回転

六本木の工事現場から出てきたダンプのよく回る車輪。その車輪に朝の翳ができている。車輪が回ると薄い翳も回り、外苑通りを走り去るダンプの後ろ姿はすぐに遠くなる。だが、あの薄い翳は逆にだんだん近くなってくる。タイヤの回転はだんだん激しくなってくる。ダンプの姿は消えて後輪の二つ並んだタイヤの加速する回転だけが残る。灰色のタイヤのボルトが八つ回転している。それぞれの八つの薄い翳も回転している。色が回転している。沈黙が回転している。

波が砂浜に描かれた文字をさらうように、日常が回転をさらう。やがてボルトも翳も消える。だが、失われたわけではない。海も砂浜も回転も。

砂時計

ポットの紅茶と一緒に小さな砂時計がついてきた。三分で飲み頃になるとウェイトレスの女の子は言う。砂時計の外にも砂は落ちているのに、その時間は見えない。砂時計の白い砂が落ちるのだけが、時間をそこから切り出したように、目に見えている。砂時計は、掌に収まるくらい小さくて、ひっくり返せば時は進んで、砂が全部落ちれば時は止まる。けれど、砂時計の外の砂は落ち続ける。地球の自転と公転が、今と全然違ったものだったら、砂時計はまったく違う姿をしていただろう。惑星と人間が共同で発明した時間という壮大な幻を、この小さな砂時計もこのテーブルの上で律儀に繰り返している——三分という幻。宇宙が始まって一三八億年。三分の紅茶は一三八億年の宇宙である。砂時計に耳を近づけると、耳鳴りに似た音楽が鳴っている。

鍵

掌に銀色の鍵が一本、確かな形で載っている。鍵の歯は切り立ち、規則正しく三角形の切り込みが並んでいる。だが、その用途はもはや不確かである。何の鍵なのか、記憶がもうない。冷たい鍵の形をした銀色の小さな塊が掌にポツンと存在するだけである。以前住んでいたアパートの部屋の鍵だったのか、密かに作らせたがもう行かなくなったプレハブ倉庫の合鍵だったのか、父から譲られた古い机の鍵だったのか。今は鍵の形だけが残り、その鍵で新しい物語を開くことはできない。鍵を掛ける人間と鍵を開ける人間は別種族である。鍵は一つの世界を開くが、一つの世界を閉じ込める。鍵の神秘は空間の神秘である。これまで無数の鍵を開けてきた。古い記憶ほど、開けた空間は、水が震えるように揺れている、揺らいでいる。

ハロペリドール

その白で言葉は乱舞する。空間は夜へと歪曲する。白は一色ではない。ひとつの翳りなのだ。その白い錠剤――ハロペリドールは言葉の翳である。崩壊する聲には翳ができる。聲の翳――多聲の、とりどりの、未知の、拡散する聲また聲の翳。錠剤の直径に引かれた直線――ひとつの翳としての白、ひとつのひかりとしての黒。その直線は月のひかりである――白衣の天人が十五人、黒衣の天人が十五人――舞うごとに満月へ、舞うごとに新月へ。崩壊する聲の舞い

――白い紙にその翳を遷す――「いや疑ひは人間にあり、天に偽りなきものを」――ハロペリドール、月の満ち欠け。

紙

紙の上の葬列。大雪原を文字の葬列が静かに進んでゆく。この葬列には果てがない。始まりがない。銀河の中心から突然始まった葬列は始原へと向かう。始原、文字は存在だった。長大な葬列は存在の葬列だった。山であり海であり天である葬列だった。一行の空白は雪の川である。川に雪は終始降っているが文字は消えない。消えるのは存在の方である。紙を葬列が行進してゆく。先頭は規則正しくスペースを一字空けて待機する。空白は、眼の一撃に備えた雪の溜まりである。行進は止むことがない。一枚の紙で終わったように見えても、次々に新しい紙へと進んでゆく。いつ葬列がはじまったのか、いつ終わるのか、だれも知らない。やがて、葬列は紙を溢れ、雪原へ一列になって出てゆく。ふり返ると文字のない大雪原に黒い旗が立っている。

石

黒い石である。熊野川と森と瀧の織り成す美しい光の文脈から、さりげなく捥ぎ取って、今、それは白い机の上にある。もう、熊野川の世界の細部は忘れてしまったが、大雨のあと小さな鋭い瀧がいくつも山から落ちている。その森から午後の光の中へ一頭の鹿が音もなく出てきて、じっと見つめてくる。見つめていると、机の黒い石に目が現れ、鼻が現れ、目の下のラインが現れ、かすかに、カーブした口元は、左に傾いて笑っている。若い女の白い肌を見て空からころげ落ちてきた仙人のバツの悪い笑顔のようだ。この黒い石にも黒い影があるのだが、あの鹿の出てきた森の影のように明るい。石なのか影なのか、鹿が森から日の中へ出てきた足どりは軽い。その瞳は濡れているが、ふいにそれは私の瞳となる。森の夏木立を背にすると午後は光の水のように新しかった。

風船

風船はひとつの狂気である。天へあこがれる狂気——それは団地の冬の叢の中で果てる。開店したばかりのステーキハウスから子どもが風船を手に出てくる。残酷にも風船は空へ放たれる——青の他なにもない空へ。底が抜けた真冬の空に見つめられて風船は狂う。ステーキハウスの名前「OUTBACK」が風船にプリントされている——OUTBACK、奥へ、奥地へ、未開の地へ——。風船は天の奥で夜を迎える。奥へ、奥地へ、未開の地へ、開は未開、未開は開。

風船は閉じ込めている、その夜と狂気を。OUTBACK――その奥への運動は団地の叢に終わる。OUTBACKというオーストラリアの言葉に砂漠の記憶を残して。

玄米

玄米の茶色の中に一粒青い実が交じっている。玄米を研ぐと、米が草の実であることを思い出させてくれる。銀の網の笊に三合の玄米を入れて、一回目の研ぎは玄米が研ぎ汁を吸わないように素早く研いで白い水を素早く捨てる。それからの時間は、この白い水との闘いである。透明になるまで根気よく研いでいく。一粒一粒の玄米は、銀の網にこすれて気持ちのいい音を立てている。夏には夏の音、冬には冬の音を立てる。玄米を研ぐ――狂わないように、狂わないように。どの行為にも一片の狂気が混じっている。玄米に青い実が一つ交じっている。この一粒の草の実の青さは狂った世界が十分美しいことを証明している。

香 Ⅰ

線香の白い煙が水平に解けて時間が可視化されてくる。始めゆっくり曲線的に時間は解けていく。解けるそばから思い出となる。やがて線に幅が生まれよじれが速くなる。時間に加速がつくと白の煙に濃淡が出来て渦を巻きながら二本の線となる。すぐに三本の幅のある白い線となりその先端は繊細なレースのように花開いていく。飽くことなく線は生まれ飽くことなく線はよじれる。水平に這ったかと思うと垂直近くに線を立てて空間に微かで複雑な薔薇の花びらを解いては崩してゆく。薔薇の時間は端にゆくほどゆるやかである。
なにもかも終わって香立に白い灰がバベルの塔のように傾いている。

香 II

距離が香りである。香りは満たすものではなく、小さな白い蛇のように侵入してくるものである。煙の線の先端のよじれが消えたところから距離がはじまる。虚空をうねる白い線が二本、睦あっている。二つの線の先端は空間に受精しながらうねっている。距離をつくるとき線は空間を孕ませる。ときにゆるやかに、ときにダイナミックに。空間に線が現れ、幅が現れ、よじれが現れ、睦が現れる。遠すぎても近すぎても香は結ばない。受精された空間は時間と呼ばれている。

ポリ袋

裏も表も意味がない。裏は表であり表は裏である。影は光であり光は影である。半透明の袋に入れるものは、チョコレートの空き箱だったり、プラスチックの卵ケースだったり、クリーニングに出す冬物だったりするが、半透明なので表からは、中のものが遠くに見える。逆に、裏からは表は雪のように霞んでいる。裏は安んじた光の世界を見せてくれるのだ。表は大きなものを小さく見せるが、裏はいつもしづかである。ポリ袋の裏は表と変わらず半透明であるが外は雪が激しく降っている。世界はどんどんあいまいになっていく。
そのあいまいさから突然、人間の切断された下肢がポリ袋を破って
突き出したりするのである。

十二ロールのシングルのトイレットペーパー

どこにも存在しない青い花がプリントされた、ビニールのパッケージからは微かにその青い花の香りがしている。ドラッグストアーのやや高い棚に積み上げられた十二ロール入りのパッケージはあまり目立たない。「ふっくらやわらか」がセールス・ポイントのトイレットペーパーも、四つずつ三段重ねると意外に重い。一ロールで五十メートルあると謳っている。五十メートルの空間が十二個凝縮しているわけである。つまりは六百メートルの空間が、この安っぽいビニール・パッケージ一つの中にある。次々に縦に伸びるか横に重なって広がるか、垂直に高い壁と化すか、意外な重さは六百メートルの空間の重さであった。五十メートルのロールの芯には幻の青い花の香りが宿り、それが六百メートルの空間を自在に咲き乱れている。どこにもない青い花が咲き乱れた夏野をまるめて十二ロール、手に提げてレジに並ぶ。パッケージの下の方に買い物した印の黄色いテープを貼ってもらって帰る。幻の花の消費量は激しいのである。

茄子

茄子の笑いは人知を超えている。とぼけた丸い頭と江戸紫のテカリ、しっぽの恣意的な曲がりとヘタまでの絶妙なグラデーション。茄子は一個の人格である。憎めない。憎からず思っている茄子を裏返すと、ヘタから白い光が射している。光が射して紫が静かに開けるところである。日の出だ。夜が明けると茄子が三本、キッチンの水を張った桶の中でうなずき合っている。きらきら水滴のついた茄子を一個、まな板の上にころがす。包丁の刃を斜めに入れると、ざくっと気持ちのいい手ごたえがある。その手ごたえに茄子が笑い出す。いつの間にか包丁もまな板もキッチンも消えて茄子は紫の光そのものになっている。茄子——それは天地に満ちた大いなる笑いなのである。

アイス珈琲

朝のグラスに漆黒の夜を注ぐ。月のない黒。新しい光はグラスの外側にあふれるが、けっして中へは入ってこない。アイス珈琲は夜の領分に属しているのである。アイス珈琲の静けさには死体の手を握ったときの冷たさのような軽い驚きがある。その静かな黒を見つめていると永遠に言葉を拒絶していることがわかる。その拒絶に抗いながら、言葉を紡ぐと、それはもはや言葉ではなく、悲鳴であり、悲鳴ではなく、嗚咽である。言葉を壊すことで垣間見える黒——。

紫陽花

紫陽花の終わり方は激しい。花のミイラ――怒りはすでに脱臼している。花びらは端から錆びて水の衣が天へ還る。白が去ったあとの白。雨――一花の夜は守られる。紫陽花の終わりは美しい。夜が破れそこに時があふれる。みどり、白、青、紫、夜――過去がいまとなりいまは過去となり色彩が花の面影となる。壮絶な枯れ方。一片の嘘もない、一片のユーモアもない、一片の詩もない。

燃えるごみ

燃えるごみの重さは水の重さである。傷んだトマトの水の重さである。レタスの芯の水の重さである。キャベツの堅い葉の水の重さ、胡瓜のヘタの水の重さである。プリントアウトしたモンサントの記事に引いた赤い線は、やがて包まれる炎の予兆であり、ティッシュの中の小さな蜘蛛は、命のまま炎に包まれた反逆者たちの悲鳴である。片方だけ残った古い靴下は、失われた大地と雲の記憶である。これらを一括りにして燃えるごみの袋へ入れる。燃えるごみの重さは世界の重さである。木曜の夜、ごみを出しに行くと赤い月が出ていた。やがて火となり土となるごみ袋を提げて、近くて遠い道のりを集積場へと歩いてゆく。燃えるごみの山の中へ袋ごとごみをほうり投げる。ドスッと心のように孤独な音がした。

蜜柑

蜜柑の枝は細い。細いほど小さい蜜柑がなる。小さいほど深々と甘い。日あたりのいい土地に細身の枝が蜜柑をつけている。蜜柑は、気取らない、構えない、気さくである。太陽と大地を知っているからだ。枝は土地から水分を吸収するが、やすやすとそれを蜜柑に与えない。蜜柑の試練は蜜柑を熟成させるが、蜜柑の偉大は、その実直な錬金術にある。捥ぎたての蜜柑に光があたり、影がうっすらと伸びている。枝の星形の跡が蜜柑に引き締まった表情を与えている。

裏返すと、打って変わって遠い表情である。ずっと見つめていると、
蜜柑に見つめられていたことに気づく。

白湯

夜の茶碗に白湯を注ぐ。縦の光が白湯の中を静かに回転している。湯気が活発に上っている。光の回転が止んで湯気が立たなくなると影が映り込む。木の影、本の影が。茶碗の中の揺れる影だけを見つめていると今度は白湯が影になる。その影を一口——水よりも穏やかでお茶よりも深い。その味わいは心のように懐かしい。通りすぎてゆくものは白湯なのか私なのか。部屋の奥で賑やかな聲がしているが白湯の周りは水を打ったように静まり返っている。どのような

運動を経て白湯として今ここにあるのか——始まりのない始まり、
白湯。

茶筅

繊細な竹の眩暈——その二重の群がり——茶筅。湯に浸されて眩暈は竹に戻る、その香りの中で。運動は常に手首と一体である——指先はいま無数の竹の光。茶碗を撫でる乾いた竹の音——それはいつも始まりの音である——泡、生まれては消え、また生まれ——その外側の静寂。茶を立てる——心にも密度がある。

泡

泡の音楽はスポンジとコップが奏でる。食器を洗う黄色のスポンジに、泡がたくさん群がっている。その一つ一つに虹色の光が射している。秋の夜の光である。泡の光は華やかなしづけさ。やがて泡はガラスのコップの奥へねじ込まれる運命にある。キュキュッと可愛らしい悲鳴をあげ、きらりと一瞬コップの縁を光らせてから、水道の水に洗われて、あの懐かしい水脈へと還ってゆく。シンクは泡であふれて、いまはもう皿もコップも見えない。見えないはずの月が一面の泡に浮かんでいる。

場の言葉

夜の三つの橋

橋は渡るためにあるのではない。超えるため――時を、夜を、場を、
――超えるためにある。夜――ことばの運動が昼とは異なる夜、ひ
とは橋を東へ渡る、あすの方へ、時を超えて。深夜の出町橋の欄干
でソフトクリームを食べながら、賀茂川の聲を聴く。いにしへの夜
の聲が混じる川面――無象の花びらが流れていく。東へ、河合橋へ
――夜の高野の言葉は賀茂川より静かである。川面の色も穏やか。
耳を澄ませていると、高野の言葉が静かに肉体となつてくる。その

夜の一点で私は川となる。そして戻る――加茂大橋を超えて戻る、西へ戻る、夜から昼へ戻る、きのうへ戻る。光の中で女がひとり立つている――懐かしいのは自我である。

夜の橋に夜とすれ違う――欄干の光でもひとでも女でもなく夜とすれ違う。この世の言葉の始まりに耳を澄ませるとこの世の言葉の終はりを聞くことになる。だから、ひとは過去をすべて現在形で語るのである。夜――遠くの交差点の信号が赤に替はると川面の三本の赤い帯が水の匂ひを放つ。高きに柳の葉擦れの音――だから、橋の上でひとは、脈絡のない他人の言葉の中に、己が行動の時を読むのである。夜の橋は時が行き交ひ、主体は行き交はない――聖五月、佳き力が夜にあふれてゐる。

すでにして三日――あるいは／言ひ換へれば、なにもない。夜の三つの橋も私もソフトクリームも。なくてあり、ありてなく、水の音――それは時の襞である。水の音あるところ、いま、ここがborderとなる――いまであり、かつてであり、未生であり、ここ――鴨川の彼岸と此岸を水の聲が流れる。その連なりの聲だけが私を複雑にする。水の聲は失はれた聲である、歴史の単純化にあらがふ聲また聲である――。

DELTA

ゆく河——光がゆき、うたかたがゆき、その翳りがゆき。絶えずして——かつ消えかつ結ぶ、その水のゆらぎ。デルタ、冬の——賀茂川と高野川——世界の人と栖と、ことごとく、もとの水にあらず。よどみ、よどむ、時また時、——水は水を流れ、火は火を焼く、このころ——又かくのごとし。

飛び石、濃く迫つてくる水の匂ひ、子どもがひとり飛び石をすべつた、高野川――浅い浅い光の流れ。子どもの、光をつかむその手――亀の飛び石。母が笑つてゐる、光の母が――不知、生まれ死る人、いづかたより来たりて、いづかたへか去る――大いなる水の循環である。次々に、鳥の飛び石へ人が飛ぶ。その風の連なり――母、水の母が笑つてゐる――世に来たばかりの、その子どもの記憶の奥底で。

欠けてゆく月――速い翳りの動き、夜は変化の理――己が身は月となるまで捨ててゆく――水の匂ひも、ものの音も、今や赤い月である。月欠けて狂といふもの美しき――デルタに「世界の危機」が集まつてくる――夜のみこそ。

水を呼ぶ――Wahl、Verwandt、Wahlverwandtschaft――冬の日の大銀杏がその水を呼んでゐる。光の水が集まつてくる――存在は親和していく、選ばれて親和していく。さきたまの大銀杏がその遥かな京の水と呼び交はす――賀茂、高野――光が親和していく――デルタ、水は聲なき聲――この地獄への、

一定、すみかぞかし――水の聲はいにしへの聲である。しんしんと積み重なつた時は鉱石の青。ひとはひとりもゐない、まだひとではないひとの聲また聲。地獄は一定――昼には細やかな日の光、夜にはなめらかな月の光――水は光を映じてゐるではないか。一定、すみかぞかし――地獄もまた美しい。

GAZA――今ここに「ある」こと

月は眠らない――GAZAは眠らない（海も陸も敵意に満ちてゐる
――止むことのない瓦礫の崩落――空はひとつの偽りである。

月の光の中で、面のない人形たちが群れてゐる。GAZAに言葉は
届かない――悲鳴はいつも緑の小箱の中に隠されてゐる。

言葉を――透明な膜がかかつた言葉を――ナイフで切り出す、
痛み――血――詩――もはや、それはひとつの翳りである。

――今ここに「ある」こと、
今ここに「ある」ことでGAZAとつながる――、
まだ、雪は降らない、まだ、月は上がらない。

私があることで「死」とつながり、
私であることで「生」とつながる。

hic et nunc hic et nunc

光であれ――雪の、月の、

ウトロ、あるいは燃える鳥

あれはオモニであつたか、花であつたか、花であつたか、オモニであつたか——焼け跡でオモニが花を摘んでゐる——その指先に百年の時が集まつてくる——一九二三年と二〇二三年の——

空が燃えてゐる——鳥が燃えてゐる——ウトロが燃えてゐる——赤い火と黒い煙の（百年の殺意が立ち上がつてくる——九月の地震直後の殺意が、東に西に立ち上がつてくる——青年はウトロに火を放つた――その鈍色の時の中へ（殺意、悲鳴、歴史――「私」が散らばつてゐる――（解体する「私」――

（放火の日本人青年を「あの子」と呼ぶウトロ――「あの子」は作られる、「私」が作られたように）――百年前、「私」は「あの子」だつた。百年、殺されて聲また聲――百年、生きのびて聲また聲――裏返すと、降つてくるもの――ちぢに、ちぢに、

言葉――ほかには、何ももたずに――言葉に所有されて――ウトロに降り立つ（わが身ひとつの秋――オモニは目をまるくして、私を見つめた。私は意味のない言葉をしゃべり続ける――虚言として時に。

燃え残つた庭の空——鳥は消えて、また、現れる——時の翳として、
時のひかりとして——聲はウトロの空に満ち、オモニは虚な「私」
に微笑む——（花であつたか、オモニであつたか、——空の鳥は消
えて、また、空に現れる——降るひかり、わが身ひとつで生まれば
や——。

※ウトロという地名は、宇土口の誤読から生じた。ウトロは、戦時中、京都飛行場建設のため、宇治に集められた朝鮮人労働者の飯場を起源とする朝鮮人集落である。

戦後も、ウトロ地区に多くの朝鮮人たちが流入した。職業や入居、生活などで差別を受ける朝鮮人にとって、ウトロ地区は劣悪な生活環境でもあっても、同胞たちが助け合いながら生活できるセーフティーネットとしての役割も果たしていた。

ウトロ地区は、上下水道などの生活インフラが整備されず大雨が降ると深刻な水害に悩まされ、また生活用水も地下水をくみ上げる劣悪な衛生環境の中、生活が営まれてきた。

このような事実を知った日本の市民たちが、「深刻な人権問題」としてウトロの人々と協働し、この地区の生活改善を求める運動が一九八六年から始まった。一九八八年に上下水道が敷設。しかし、ウトロの人々が知らない間にウトロの土地が転売され、売りに出ている事実が明らかになり、ウトロ地区に衝撃が走った。

その後、戦中の国策会社を引き継ぎ土地の所有者となっていた日産車体から土地を買い受けた西日本殖産が、住民を強制撤去させるべく、重機とトラックで押し寄せてきた。住民たちは必死に抵抗。事態は土地の明け渡しをめぐる訴訟へと発展。二〇〇〇年十一月、最高裁で住民側の敗訴決定。

日韓市民と韓国政府の支援で、二〇〇七年九月にウトロの土地の一部を買い取る合意書が締結され、ウトロの人々は強制退去の危機から脱出した。

二〇二一年八月、民族差別を動機とする放火に遭い七棟が全半焼した。

二〇二二年五月、共生・実験・平和をコンセプトにしたウトロ平和祈念館が開館。

ウトロ平和祈念館ホームページより

石庭、あるいは秋の劇

石庭の――石は劇である――十五の白い石の劇――それは衝動もなく言葉もなく行動もない。どの人間も悲劇に終はるが十五の石に悲劇はない――あるのは「背後」である。

私はかつてその石の一つだつた。「背後」にいのちがあつた。「背後」に言葉があつた。「背後」に海があつた――私はかつてその石の一つだつた――それは必然でできてゐた。

竜安寺――縁側という「背後」に人間が群がつてゐる。十五の石に唆されて各々が劇を始めてゐる。一人は、還暦の来し方行く末を語り、一人は母なる少女を口説き、一人はツェランの詩を朗唱してゐる。

秋――十五の石には翳がない。欲望する翳がない――。石は無欲である、石は劇中劇である――真昼の石に翳はない。

あるのは「外」である。暴力とグロテスクの吹き荒れる「外」――それは「外」なる「内」なのか、「内」なる「外」なのか――天心に野卑な笑ひが響いた。

十五の石は島であり——竜の歯であり、塹壕と地雷原のあとに待つ、
最後の防衛線の石——白い竜の歯である。殺しあひの果ての石庭の
静寂——天は不動の動——かつて私は超越でできてゐた。

十五の石は「内なるもの」を持たない——応仁の乱の火が、ザポリ
ージャの砲撃が、見えない殺しあひが、この十五の石にたどり着く
——沈黙は秋天に屹立する。

石は月の翳である（「内なるもの」の翳——十五の石）——十五の月
が出てゐる——波のない海のほとりに。

あとがき

詩集『二〇の物と五つの場の言葉』は、二〇一八年から二〇二三年までの五年間に書いた詩から選んでいる。

前詩集『耳の眠り』は、二〇一一年の三・一一の直前に出したので、十三年ぶりとなる。二〇一一年から二〇一八年までの七年間は、この詩集の姿が固まるまでの準備期間で、試行錯誤を繰り返していた。

二〇一八年以降、フランスの現代詩人、フランシス・ポンジュをモデルとしつつ、ポンジュをのり超える、新しい詩を書くということが、私の中で一つのテーマとして浮上した。

前詩集『耳の眠り』でのテーマ、「俳句から学ぶ」という問題意識を維持したまま、ポンジュと激突することになった。詩集『二〇の物と五つの場の言葉』は、その未完の記録である。

ポンジュを示唆していただいた野村喜和夫さんや詩の合評集団『午後二時の会』のみなさんとの出会いがなければ、この詩集はできなかった。ここに深く感謝いたします。

この第四詩集を編んでいる現在、二〇二三年十月七日から、パレスチナのガザ地区に対して、イスラエル国防軍が陸海空から無差別集中攻撃を行っている。一週間の休戦を挟んで、十二月一日から、ふたたび、イスラエル国防軍がガザを攻撃している。

第一次攻撃がガザ北部だったのに対して、第二次攻撃は、ガザ南部を陸海空から集中的に砲撃・空爆して、エジプトとの国境検問所のあるガザ南端の都市、ラファまで、パレスチナ人を追い詰めようとしている。その先はエジプトの砂漠である。これは、明らかに「第二のナクバ」であり、民族浄化である。

現在のイスラエルによるパレスチナ人の民族浄化の起源は、十月七日のハマスの奇襲作戦「アルアクサの洪水」ではない。少なくとも、一九四八年のイスラエル建国の裏側にあって長く隠蔽されてきたパレスチナ人の大虐殺「ナクバ」まで遡る必要がある。そして、一九六七年の第三次中東戦争後のイスラエルのガザ占領と、その後の半世紀以上に及ぶアパルトヘイト政策を、根本原因として規定する必要があるだろう。

すでにパレスチナ人の死者は、二〇二四年一月五日時点で、ガザ地区で、二万二千六百人（うち子どもが九千六百人、女性が六千七百五十八人）。負傷者が五万七千九百十人以上、行方不明者が七千人以上。ヨルダン川西岸で、死者が少なくとも三百二十五人（うち子どもが八十三人)。ガザ地区とヨルダン川西岸の死者を合計すると、およそ、二万三千人にのぼる。行方不明者七千人以上も、死者に加わるのはほぼ確実だろう。

これに対して、イスラエル側の死者は、二〇二四年一月五日時点で、一一三九人、負傷者、八七三〇人である。しかも、この数字には、イスラエル国防軍が、テロリストが潜んでいるという理由で、自国民のコミュニティであるギブツに向けて発砲したことによる死傷者も含まれている。比べてみると、死傷者の圧倒的な非対称性が浮かび上がってくる。

二〇二三年中に第四詩集を出すつもりだったが、事情があって延期したところ、イスラエルのパレスチナ人に対する民族浄化という「神話的暴力」と、能登半島地震という我々に向けられた「神的暴力」という、二つの大きな暴力によって、年内に出す予定だったこの詩集が無効化されてしまったと感じた。

現代詩は、アクチュアルであることが最重要である。この大きな暴力に拮抗できる「詩的領域」を、この詩集で拓くことができているのかどうか、大変心もとないと感じた。

詩は、必ずしも暴力を直接、テーマ化して描く必要はないが、それでも、二〇二四年一月一日以降に出すのであれば、詩集の全体構成を見直す必要があるのは明らかだと思われた。

詩と詩人は、常に、こうした暴力の中に投げ出されている。やっかいなことに、暴力はこの二つのように——あるいは、ウクライナ紛争というアメリカ（NATO）とロシアの代理戦争も含めれば、この三つのように——可視化されているばかりではない。

また、これらのように直接的なものばかりとも限らない。制度化され、個人のうちに社会化された暴力こそ、現代的暴力の特徴と言ってもいいものなのである。

ガザの惨劇を前に、そして次第に明らかになりつつある能登半島地震の悲劇を前に、詩人は徹頭徹尾、無力である。その無力さを陰画のようにして、「詩的領域」を現前させることで、暴力的な現実と切り結ぶしかないのだろう。

本詩集『二〇の物と五つの場の言葉』は、当初、二十二編で完結する予定だった。しかし、現代詩はアクチュアルでなければならないとの信念の下、新たに一篇を書き下し、さらに、次の詩集に入れる予定だった二篇を追加して全二五編として上梓することとした。これによって、現実に拮抗する「詩的領域」の現前に成功したかどうか、その判断はお任せしたいと思う。

——二〇二四年一月七日

尾内達也

著者略歴

一九六〇年　群馬県太田市生まれ
一九八一年　京都で詩と出会う
一九九四年　第一詩集『白い沈黙　赤の言葉』（摩耶出版）
一九九五年　赤坂で翻訳と出会う
二〇〇〇年　インターネットの掲示板で俳句と出会う
二〇〇五年　第二詩集『青のことば』（ＣＤ－ＲＯＭ私家版）
二〇〇六年　御茶の水で社会哲学と出会う

二〇一一年　第三詩集『耳の眠り』（コールサック社）
二〇一七年　六本木でジャーナリズムと出会う
二〇二三年　埼玉と京都の往還生活を始める
二〇二四年　第四詩集『二〇の物と五つの場の言葉』（七月堂）

訳書に『乾いた沈黙　ヴァレリー・アファナシエフ詩集』（論創社、二〇〇九年）、『サイバープロテスト』（皓星社、二〇〇九年）ほか

Email: delfini800@gmail.com
Blog: Delfini Workshop（https://blog.goo.ne.jp/delfini2）

二〇の物と五つの場の言葉

2024年5月25日　発行

著者：

尾内達也

発行者：

後藤聖子

発行所：

七月堂
154-0021 東京都世田谷区豪徳寺1-2-7
Tel:　03-6804-4788
Fax: 03-6804-4787

装幀・組版：

川島雄太郎

印刷：

タイヨー美術印刷

製本：

あいずみ製本所

ISBN 978-4-87944-558-2 C0092